Angela Döhring

Hundert neue Rätsel

Angela Döhring

Hundert neue Rätsel

ISBN/EAN: 9783337352660

Hergestellt in Europa, USA, Kanada, Australien, Japan

Cover: Foto ©Andreas Hilbeck / pixelio.de

Weitere Bücher finden Sie auf **www.hansebooks.com**

von U. Döhring

Deutsche Jugendbücherei

nr 136 Hermann Hillger Verlag Berlin Leipzig

Deutsche Jugendbücherei

Begründet von den Vereinigten Deutschen
Prüfungsausschüssen für Jugendschriften,

2

herausgegeben vom Dürer-Bund

Hundert neue Rätsel

von

A. Döring

Nr. 136

Hermann Hillger Verlag, Berlin-Leipzig

1.

Unten spitz und oben breit,
Steif und doch voll Munterkeit,
Unternimmt's ein Tänzchen gern,
Sieht im Knirpschen selbst den Herrn.
Und dieweil sich's dreht im Kreise,
Stimmt's oft an seltsame Weise.

2.

Sie ist keine Heldin,
Gefahr macht sie säumen.
Sie liebt die Sonne
Und reift an Bäumen.

3.

Das Erste, das ist scharf und spitz;
Drum seid auf eurer Hut,
Damit es euch nicht stech' und ritz'!
Leicht fließt ein Tröpflein Blut.

Doch vor den Letzten banget nicht,
Ob auch das Erste droh':
Arglos blühn sie im Sonnenlicht
Und machen viele froh.

Das Ganze schlief wohl lange Jahr'
In stillem Turmgemach.
Dann küßt' – es war recht wunderbar –
Ein holder Prinz es wach.

4.

Es ist ein kleiner Übermut
Und treibt es oft possierlich,
Tritt auch das muntre junge Blut
Stets leise auf und zierlich.

Es grüßt dich stille oft vom Baum
Und gibt dir zu verstehen:
Schmolz auch der Winterschnee noch kaum,
Schon nahet Lenzeswehen.

5.

Vereint rankt's an der Erde still,
Hat Blatt und Blümelein.
Getrennt ist es der Tannenbaum:
Das wissen groß und klein.

6.

Zwei Enden hat's, doch eines pflegt
Sich meistens zu verstecken.
Wer aber vordringt unentwegt,
Wird es gewiß entdecken.

Rund ist es oft, gleichwie ein Ball,
Und dreht sich gern im Kreise,
Bleibt unverletzt, kommt's auch zu Fall,
Und stets geweiht dem Fleiße.

Viel schöne Dinge wirkt's gemach,
Der Menschenhand verbunden;
Doch immer kleiner wird es, ach!
Bis es zuletzt verschwunden.

7.

Es rührt sich flink und gehet stets im Takt,
Denn seine Pflicht befiehlt ihm: »Sei exakt!
　　Mach' Stund' um Stund'
　　Die stille Rund'!«

Es gilt uns viel. Oft hat's ein kostbar Haus,
Darin's geschäftig ist tagein, tagaus.
　　Wenn's nicht mehr will,
　　Steht's einfach still.

Den Kindern sagt es gern etwas ins Ohr,
Und großen Leuten lügt es oft was vor.
　　Doch jeder frägt's,
　　Man hegt und trägt's.

Leis tönt oft seine Stimme, hörbar kaum,
Bald klingt sein Ruf vernehmlich durch den
　　　Raum
　　Und hallt oft weit:
　　»Benützt die Zeit!«

Doch wer genau will wissen, was es taug',
Der fasse prüfend nur sein Werk ins Aug':
　　Das Werk, es lehrt
　　Den innern Wert.

8.

Das Zweite passet nicht zum Ersten,
Es dienet anderm Herrn.
Das Ganze aber schmiegt dem Ersten
Sich an und schützt es gern.

9.

Was fingen wir ohne die Erste an?
Wir Menschen wären wohl übel dran,
Und gar die lieben Kleinen,
Die würden weinen.

Und ohne die Letzten, wie wär's hier bestellt?
Man fände sich schwerlich zurecht in der Welt.
Drum baut ihrer neue man immer
Und ruhet nimmer.

Das Ganze ward nicht durch Menschenhand,
Und keine greift je das silberne Band.
Doch leuchten die ewigen Sterne,
Dann schimmert es ferne.

10.

Mit r sind es die Bösen in der Welt,
Mit l sind sie dem Pflanzenreich gesellt,
Mit u sind's Fensterlein, euch wohlvertraut,
Draus ihr die Herrlichkeit der Welt erschaut.
Sie öffnen sich dem Lichte allerwärts
Und spiegeln Erd' und Himmel und – das Herz.

11.

Es hat ein Mütterlein wohl, das es pflegt
Und liebevoll auf seinen Armen trägt.
Doch lächelt's auch und blickt dich sinnig an,
Es ist ein eigen Kind, wächst nicht heran.

Doch andern Wesens wird man's oft gewahr:
Dann birgt's im Innern Kräfte wunderbar,
Bis sich erwachend Leben ihm entringt
Und sich ein zart Geschöpf gen Himmel
schwingt.

12.

Mit O reist's durch die weite Welt,
Ein kecker Sausewind.
Mit A zu seinem Stamm es hält,
Wo seine Brüder sind.

13.

Auf das Erste baue nimmer!
Aber stark sein ziemt dem Zweiten.
Aufrecht pflegt's auf seinen Wegen
Über jenes hinzuschreiten.
Zwar man sagt, zuweilen wandre
Auch das andre.

Wenn der laute Tag verklungen,
Nahet sacht das Ganze wieder,
Huscht herbei auf leisen Sohlen,
Um zu schließen müde Lider,
Um zu senken Freud' und Kummer
Sanft in Schlummer.

14.

Mit a ist's ein lebendig Wesen,
Zum Hausgenossen oft erlesen.
Mit e ist's ein verschwiegner Hüter
Für mannigfache Lebensgüter.
Mit a lebt's in den Tag hinein,
Mit e will's immer oben sein.
Mit a ist es oft unverträglich,
Mit e stets leblos, doch beweglich –
Und wackeln können beide.

15.

Das Erste zeigt euch tausendfältig
Das bunte Erdenrund.
Manch Röslein und manch Beerlein ist es
Und jeder frische Mund.

Die Letzten werden oft gezogen,
's ist Brauch der Höflichkeit,
Und ihre leichte Last zu tragen,
Sind viele gern bereit.

Ein Märchenkind nennt euch das Ganze,
Wohl jung und alt vertraut.
Stets schmücken es die letzten beiden,
Wenn ihr's im Bilde schaut.

16.

Man pflegt es schwarz zu nennen,
Doch horch! in Berg und Tal,
Da rauscht's aus tausend Wipfeln:
»Grün sind wir allzumal!«

17.

Ihr trefft es wohl an Ufers Rand,
Doch weilet es in Heimatland
Auch ferne über Meeren.
Spazierengehn ist ihm oft Brauch,
Zuweilen musiziert es auch,
Kunst und Natur zu Ehren.

Auch weiht es sich der Industrie,
Und mannigfach ist es durch sie
Verflochten unserm Leben.

Doch fernhin aus des Alltags Haft
Pflegt es im Geist der Wissenschaft
Das Auge oft zu heben.

Wenn's aber hinterm Ofen hockt,
Kein Sonnenschein hinaus es lockt –
Und wurzelt doch im Freien!
Man sagt, es sei charakterschwach,
Es drehe sich dem Winde nach –
Ihr müßt es ihm verzeihen.

18.

Ein schmaler Gang ist's, nur für den bestimmt,
Der dort bedienstet ist und Wohnung nimmt.
Für einen Menschen nicht, bewahre, nein!
Selbst für ein Mäuslein ist es ja zu klein.
Doch dehnt's dahinter sich oft weit und hell,
Und manchen treibet Neugier zu der Stell'.

19.

Zur Winterszeit naht's leise,
Auf seine Weise.
Begleitet und umschart
Von den Gespielen zart,
Vergnügt es harmlos sich
Und tanzet meisterlich.
Wie fliegt's dahin! natürlich;
Das tut es unwillkürlich.
Sein jugendreiner Glanz erhellt,
Wohin sein Weg es führt, die Welt.
Doch muß sein Stern rasch niedergehen,
Und wenn die linden Lüfte wehen
Und junge Knospen treiben,

Kann's nicht mehr bei uns bleiben.
Lautlos pflegt's zu entschwinden,
Und keiner kann's mehr finden.

Doch wandelt sich ein Zeichen nur,
Dann ist es anderer Natur:
Zur Frühlingszeit naht's leise,
Auf seine Weise.
Ein Lenzeshauch, ein Sonnenkuß,
Und sieh! da ist's mit holdem Gruß,
Blickt still umher und hebt sich sacht:
Ob auch das Veilchen schon erwacht?

20.

Bringt Freude dir und herzliches Behagen
Ein lieber Gast, wirst gern, getrennt, du's sagen.
Doch kommt, vereint, es gähnend
     angeschritten,
Mußt du es schleunig umzukehren bitten.

21.

In den zwei Ersten strebt und müht
Sich eine junge Schar.
Fern, wo des Südens Sonne glüht,
Wandelt das zweite Paar.

Das Ganze oft sich hören läßt,
Voll Kunst auf jeden Fall;
Doch hält Natur ihr Frühlingsfest,
Dann ist's die Nachtigall.

22.

Ein kleines Ding, pflegt es umherzuwandern,
Durch Stadt und Land, gleich ungezählten
       andern,
Leblos – geformt von Menschen.

Ein strahlend Ding, gilt es der Welt nicht wenig
Und machet manchen Sterblichen zum König,
Leblos – geformt von Menschen.

Doch über Mensch und Dinge oft erhoben,
Rauscht es dir Gruß, von Himmelslicht
       umwoben,
Lebendig – Werk des Schöpfers.

23.

Das Erste ist ein hoher Herr;
Er macht oft weite Reisen,
Und allerorten hört man wohl
Ihn Freund der Kinder heißen.

Er pflegt sein Heim sich selbst zu baun
Und regt die Letzten munter.
Doch geht er gern im Wiesengrün
Spazieren auch mitunter.

Zur Sommerszeit, wenn weit und breit
Viel bunte Blumen stehen,
Dann mögt ihr oft in Wald und Flur
Das Ganze blühen sehen.

24.

Will die Erste uns verlassen,
Nahn die letzten beiden
Unsrer tagesmüden Erde;

Jene grüßt im Scheiden.

Arbeit ist gewohnt das Ganze,
Hat viel zu besorgen;
Doch es winket ihm zum Troste
Ein geruhig »morgen«.

25.

Hell erschimmert im Frühling am Strauche es,
      Blütchen an Blütchen;
Aber zur Winterszeit fliegt's fröhlich, ein
      Schelm, durch die Luft.

26.

Sie ist vom Land,
Von niederm Stand,
Ist klein und rund
Und sehr gesund –
Sie ist kein Menschenkind

Grün angetan,
Wächst sie heran;
Doch später schaun
Wir sie in Braun –
Sie ist kein Menschenkind.

Und wenn sie, wißt,
Belesen ist,
Wird sie uns wert
Und heiß begehrt –
Nun nennet sie geschwind!

27.

Nicht der Wind ist's, doch ein himmlisch Kind,
Dem der Erde Fluren dankbar sind.
Leuchtend in der Morgensonne Strahlen,
Grüßt's den jungen Tag zu tausend Malen;
Und wird's Abend, sinkt der Sonne Licht,
Zeigt sich's still oft, wie in Tränen, nicht?

Doch es schwindet, lautlos, wie's erschien,
Konnt' erfahren nicht, woher, wohin.
Mußt die Lüfte, Halm und Blättlein fragen,
Denn die wissen es vielleicht zu sagen.

28.

Ein buntes Wandervöglein ist's,
Zieht hier- und dorthin seine Bahn
Und wagt sich in die weite Welt,
Selbst über Berg und Ozean.

Zum Dienst der Menschen stets bereit,
Heimisch in jedem Erdenland,
Bringt Botschaft es von Ort zu Ort
Und manchen Gruß von lieber Hand.

Still und bescheiden von Natur,
Gedrückt in eine Ecke gar,
Läßt's doch erkennen Wert und Art
Und seine Herkunft immerdar.

Je seltner es sich blicken läßt,
Desto geschätzter pflegt's zu sein.
Das Wandervöglein, kennst du's nicht?
Kehrt's nicht bei dir auch aus und ein?

29.

Zu was ist es nütze? Es regt sich voll Fleiße
Und zaubert leise
Manch farbenschön Kunstwerk hervor.

Zu was ist es nütze? Es regt sich voll Fleiße
Und müht sich leise,
Bis lästiger Staub sich verlor.

Zu was ist es nütze? Kann Antwort nicht
      geben.
Es steht im Leben:
Ein armer, belächelter Tor.

30.

Die beiden Ersten flink sich regen,
Viel ist an ihrem Tun gelegen.
Sie pochen oft an eure Tür
Und sind euch hilfreich für und für,
Von Liebe oft und Treue zeugend
Und, Künstler, gern der Kunst sich beugend.
Doch ruht ihr, ruhn auch sie.

Das Letzte steht der Arbeit ferne,
Doch fleißig geht's spazieren gerne,
Schaut sich die Welt von oben an
Und grüßt so höflich, als es kann.
Doch wenn man's nicht genug beachtet,
Es plötzlich oft zu fliehen trachtet,
O Schreck! mit Windeseile.

Das Ganze strebet voller Güte,
Daß es die ersten zwei behüte.
Trägt's auch ein schimmerndes Gewand,
Geht's ihnen doch getreu zur Hand;
Ja, sie vor Schmerzen zu bewahren,

Begibt es selbst sich in Gefahren,
Bereit zu Schutz und Trutze.

Doch fern des Lebens Hast und Mühen,
Sieht man es oft im Walde blühen,
Ein völlig andres Wesen.

31.

Vielseitig und oft reich an Wissen,
Wirkt's nah und fern. Wer möcht' es missen?
Wer hätt' es nie befragt, begehrt?
Wem hätt' es Freude nie gewährt?
Wird's nicht geliebt, geschätzt, gepriesen,
Vermag's nicht, Welten zu erschließen?
Und doch ist Undank es gewohnt
Und bleibt von Leiden nicht verschont.
Ja, manchmal liegt es still und stumm,
Verlassen ganz, nur so herum.
Auch kehrt's den Menschen oft in Ruh'
Für lange Zeit den Rücken zu.
Doch dem, der's zu erkennen strebt,
Teilt's offen mit, was in ihm lebt,
Wird ihm Gefährte stiller Stunden
Und bleibt ihm oft als Freund verbunden.
Zwar laß mit jedem dich nicht ein
Und wert' es nicht nach äußerm Schein!
Wie es gekleidet, wie es heiße,
Ob es auch Gold und Pracht dir weise,
Bedenk': was dir soll wahrhaft frommen,
Das muß aus seinem Innern kommen.

32.

Nahn mit S sie finster deinen Wegen,

Unterliege nicht!
Hoffnungsfroh blick' ihm mit M entgegen:
Sieh! aus Nacht wird Licht.

33.

Es drückt sich oft in Ecken,
Als wär's zu gar nichts nutz,
und ist doch allerwegen
Den Menschen Freund und Schutz.

In stiller Selbstentfaltung
Reicht's ihnen Hilfe dar,
Ja, durch die Lüfte eilt es,
Zu retten in Gefahr.

Zwar steht und wirkt's in Ehren
Oft auch in Heimeswelt,
Und trautem Lampenschimmer
Es gerne sich gesellt.

Stets will's behüten, trösten,
Ob's auch kein Wörtchen spricht.
Und wanderst du ins Weite:
Nimm's mit! Vergiß es nicht!

34.

Im stillen Wald sind sie zu Haus,
Dort gehn sie arglos ein und aus,
Tun keinem was zuleide.

Doch sieh! ein Schieben her und hin,
Und plötzlich ändert sich ihr Sinn:
Sie stehn in Wehr und Waffen.

Und wiederum mag es geschehn,
Daß wir sie ganz verwandelt sehn:
Wo bliebe sonst die Ehre!

35.

Bewundernd sieht die Ersten man erglühen,
Im Sonnenlicht die Letzten hold erblühen.
Wer zu den Ersten steigt, dem mag es glücken,
Des Ganzen einen frischen Strauß zu pflücken.

36.

Mit »An« hat's Wicht'ges oft zu sagen
Und kommt doch immer hinterdrein.
Mit »Ab« sieht man's oft Blumen tragen,
Doch soll ihm nicht zu trauen sein.
Mit »Um« pflegt es sich anzuschmiegen
Und ist zu deinem Schutz bereit,
Mit »Vor« tut's heimlich und verschwiegen,
Geht auf und ab und macht sich breit.

37.

Gib von deinem Teller,
Ach, zwei Bröcklein nur,
Und dir wird erstehen
Eine Kraftnatur.
Den Beweis zu bringen,
Mög' dir rasch gelingen!

38.

Mit g – steht's einem hohen Mönch zur Seite,
Mit d – sucht es, wie Flüsse tun, das Weite.

Mit m – pflegt es in Haus und Hof zu dienen,
Mit f – ruht's nicht, bis ihm das Ziel erschienen.
Mit n – woll' es im Zahlenreich erschauen,
Als eine Einheit, draus sich größre bauen.

39.

Er geht den Seinen stets voran,
Als Führer seiner Schar.
Allein fängt er zu reden an,
Wird er oft sonderbar.

Denn 's ist ein Schelm, ein loser Wicht,
Der gerne scherzt und neckt
Und mit dem ehrlichsten Gesicht
Zu lügen sich erkeckt.

Doch schied der Tag, der ihm gewährt,
Dann schläft er fest und still,
Bis wiederum ein Frühling kehrt
Und ihn auch wecken will.

40.

Man sagt manchmal, es schneide,
Ob keinem auch zuleide,
Und keiner sich beklag'.
Einst pflegt' es viel zu schreiben,
Doch andre Federn treiben
Ihr Wesen heutzutag.

Zwar ist's erfüllt von Leben
Und mannigfachem Streben;
Man kennt's im Deutschen Reich.
Es liebt das Meer, die Wogen,
Und kommt ein Schiff gezogen,

20

Dann zeigt es sich sogleich.

41.

Es pflegt viel spazieren zu gehen
Und plaudert dabei unverwandt;
Doch braucht es des sicheren Haltes
Und einer führenden Hand.
Ihr selber, wißt, heißet es gehen,
Beflissen, ihm beizustehen.

Es redet von Himmel und Erde,
Nichts ist ihm zu groß oder klein,
Und kehrt unterwegs hin und wieder
Zu einem Schlückchen gern ein.
Das tut es in allen Ehren:
Es kann es ja nicht entbehren.

Doch ist die Wand'rung beendet,
Dann pflegt es der Ruhe still
Und harrt an gegebener Stelle,
Solange man immer will:
Das Mündchen reglos geschlossen,
Dem die Worte so eifrig entflossen.

So dient es oft viele Tage
Den Menschen ohne Entgelt,
Bis es müd und untauglich geworden
Und rasch in Vergessenheit fällt.
Man greifet nach einem andern
Und läßt es statt seiner wandern.

42.

Wie ist das zu verstehn:
An Tannen wird's gesehn,

Und bietet selbst doch Raum
So manchem Tannenbaum.

43.

Es ist nicht viel: ein Vöglein kann's
Oft in den Schnabel stecken.
Doch wie? sieht man's aus Bergeskranz
Sich nicht als Größter recken?

44.

Bergentquollen, waldumrauschet,
Eilet sie den Lauf.
Doch soll es zutage treten:
Schließt die Herzen auf!

45.

Mag es erscheinen noch so wesenlos,
Ungreifbar, wahrnehmbar dem Auge bloß,
Acht' nicht gering
Das kleine Ding!
Stumm hingestreckt,
Hält's was versteckt.
Doch wer da sinnend seine Art versteht,
Dem wird das Unscheinbare oft beredt,
Der sieht Gedanken
Es still umranken –

46.

Ob wolkengleich das Erste sich erhebe,
Ob es in goldnem Sonnenstrahle schwebe,
Der Erd' entstammt, sinkt es zur Erde nieder.

Die Menschen sind gewohnt, es zu bekriegen;
Mag es auch still zu ihren Füßen liegen,
Sie jagen's fort. Doch immer kehrt es wieder.

Wenn Sturm und bittre Kälte dich gefährden,
Dann pflegt das Zweite dir oft Trost zu werden,
Stets sanft bemüht, daß es dir Schutz gewähre.
Es trocknet Tränen, wo da Menschen wohnen,
Es wird geschätzt in Hütten und auf Thronen,
Und, Segel spannend, fährt's oft über Meere.

Zurückgezogen lebt, in stiller Klause,
Das hochverdiente Ganze meist zu Hause.
Zwar läßt das Friedliche zu allen Tagen
Im Kampfe mit dem Ersten sich erschauen;
Denn ihm ist's feind. Doch freund ist es den
      Frauen,
Und wo es fehlt, wird schwerlich dir's behagen.

47.

Mit o deckt's Leben mancherlei
Und schützet vor Erkalten.
Mit e flieht ruhlos es vorbei
Und folgt Naturgewalten.
Mit i macht's oft die Seele frei
Und hilft die Welt gestalten.

48.

Treiben überall ihr Wesen:
Unbeständig, unerklärlich,
Froh und trüb, herrisch, begehrlich.
Hüte dich und wahre Gleichmut!
Ihnen dienen ist gefährlich.

Doch empfangen sie ein Zeichen,
Wirst du völlig andre sehen:
Mußt nach Meeresküsten spähen,
Südwärts, wo ihr still Gewässer
Warme Winde sanft umwehen.

49.

Das erste Paar wird viel bekrittelt,
Woher's wohl käme, wird ermittelt,
Und was es wohl im Schilde führe,
Und ob Vertrauen ihm gebühre.

Doch, oft geliebt und hochgehalten,
Sieht man das zweite sich entfalten;
Ja, es zu schützen in Gefahren,
Die Besten oft sich um es scharen.

Das Ganze pflegt herabzusehen
Auf irdisch Treiben und Geschehen,
Wo es am höchsten, gern sich regend,
Mit Wind und Wettern Zwiesprach pflegend.

50.

Es schlüpft aus engem Kämmerlein,
Uns freundlich seinen Dienst zu leihn;
Denn helfen ist ihm Pflicht.
Kinder begehren's nicht.

Still nimmt es Platz am rechten Ort
Und redet nie ein Sterbenswort;
Doch seine Augen klar,
Die nehmen alles wahr.

's hat feinen Schliff und imponiert,

Man merkt manchmal: es hat studiert!
Und jeder, der es schätzt,
Sorgt, daß er's nicht verletzt.

Ein stilles Band es vielen eint,
Das neu befestigt stets erscheint,
Und gerne gibt's Geleit
Dem Freund, wohin er schreit'.

Ihm ist verliehen Wunderkraft,
Dank segensreicher Wissenschaft;
Klarer ins Leben schaut,
Wer sich ihm anvertraut.

Nun spricht wohl mancher rasch und klug:
»Das ist die Brille! Leicht genug!«
Die Brille zwar in Ehr' –
Doch sie ist's nicht! vielmehr ...

51.

Auf zwei Füße ist's gestellt,
Muß sie fleißig rühren,
Wenn es durch die Gotteswelt
Seine Wege führen.

Oft rührt gar der Füße drei
Seite es an Seite:
Über sich den Himmel frei,
Und so weit die Weite!

Hörst oft seine Stimme froh
Sich in Lüfte heben,
Nennst mit Recht dich selber so,
Pilgernd durch dies Leben.

Doch – ein andrer steht vor dir,
Wird ein Laut verwiesen.
Leider ist's unmöglich mir,
Zu beschreiben diesen.

52.

Ihr mögt es draußen blühen sehn,
Wenn linde Frühlingslüfte wehn.
Kehrt's je im Haus der Armut ein,
Wird ihrer Not geholfen sein.

53.

Das Rößlein ist's, das seinen Reiter trägt
Und sich im Dienst der Menschen treulich regt.
Es ist's der Mensch, der seine Sache kennt,
Und der des Wissens viel sein eigen nennt.
Doch ist's das Glas, das er vor Augen hat,
Dann scheint die Welt ihm trübe rings und
       matt.

54.

Sie weiß sich behende zu drehen,
Läßt nie auch sie tanzen sich sehen.
Will Menschenkraft aber versagen,
Dann hilft sie oft heben und tragen.
Bald wird sie geschäftig befunden,
Was lose, zu ordnen und runden;
Bald harrt sie reglos am Strande,
Auf daß, stößt ein Schifflein zu Lande,
Ihm sicherer Halt nicht gebricht –
Die Starke, sag', kennst du sie nicht?

Sie weiß nichts von Sorgen und Mühen,
Will wachsen nur, ranken und blühen
Im wärmenden Sonnenlicht –
Die Zarte, sag', kennst du sie nicht?

Doch meinet mein Wort nicht jene nur;
Nein, Andersgearteten komm auf die Spur:
Das sind gar luft'ge Gesellen,
Tut keiner es gleich den Schnellen.
Wo ist ihre Heimat? Sie ziehn durch die Welt
Und können es treiben, wie's ihnen gefällt.
Drum, eilen sie stürmisch herfür,
Verschließt ihnen mancher die Tür.
Doch nah'n sie auf friedlicher Reise,
Dann freut man sich oft ihrer Weise.
Auch lieben sie's, durch die Weiten
Den Abend still zu begleiten,
Sanft flüsternd im Dämmerschein,
Und schlafen oft ein –
Sind's Brüder, wie man wohl spricht?
Sag', kennst du sie nicht?

55.

Es ruht oft still und leblos vor dir,
Nicht mehr dir geltend, nun – als Papier.
Doch ist es den Menschen anheimgegeben,
Ihm zu verleihen ein geistiges Leben.

Und in berufene Hand gelegt,
Die's hält und führt, erscheint's oft bewegt
Und weckt, o Wunder! ein Tönen und Klingen,
Das Lauschenden tief zu Herzen mag dringen.

Hoch, festlich und sieghaft strebt's oft empor,
Es zeigt sich an Brücken, an Fenster und Tor.

Von vielen Wanderern wird es beschrieben,
Doch meiden es, die von Eile getrieben.

Einst zog's mit den Menschen in Kampf und
Streit,
Dem Feinde Verderben zu senden, bereit;
Und grüßt doch vom Himmel oft wundersam
milde,
Als künde es Frieden in lieblichem Bilde.

56.

Wer es ist: o schenk' dem Armen,
Der, der Heimaterde ferne,
Klaget an des Schicksals Sterne,
Dein Erbarmen!

Wer es ist: o schenk' dem Schlauen,
Der auf hinterlist'gen Wegen
Schreitet seinem Ziel entgegen,
Kein Vertrauen!

57.

Es ist ein Träger von Namen und Titeln,
Ihm öffnen sich willig Wege und Tür.
Es ist berufen, allseits zu vermitteln,
Und bietet Belehrung für und für.
Sein Wissen ist groß: vom Erdenrunde,
Ja, selbst vom Sternenreich leihet es Kunde.

Es hat so viel zu berichten und sagen!
Gern treibt sich's rundum in heiterem Spiel,
Lockt manchen auf Abweg zu tollkühnem
Wagen
Und – strebt doch treu ans gegebene Ziel.

Fernhin eilt es oft, über Berg und Gefilde,
Und zeigt uns der Erde Schönheit im Bilde.

Was ist's, das den Menschen allen so wichtig?
Befragt, benötigt, ersehnt, begehrt?
Erscheint es dem Auge nicht klein oft und
        nichtig
Und hat es nicht oft keines Groschens Wert?
Magst du's mit Freude auch manchmal besehen,
Es wiegt meist leicht – der Wind kann's
        verwehen.

58.

Du siehst es oft zu deinen Füßen liegen,
Still hingestreckt an ihm gegebner Stelle.
Du siehst es aufrecht stehn in heißen Kriegen,
Ein seelenloser kleiner Kampfgeselle.
Einst aber sah man es des Weges fliegen,
Ein Menschenkind, in pflichtgetreuer Schnelle.

59.

Kennt ihr die Schar der kleinen Gesellen?
Schlank, kerzengerade, Reih' um Reih',
So pflegen sie sich euch vorzustellen;
Trägt mancher ein Fähnlein, zwei oder drei,
Hebt mancher das Köpfchen, hält's mancher
        gesenkt,
Doch gleicher Geist ist's, der jeweils sie lenkt.

Still sehn sie euch an, mit bedeutsamen
        Zeichen,
Und wer sie versteht und Gehör ihnen leiht,
Dem werden sie einen Schlüssel reichen
Und geben in liebliches Reich ihm Geleit,
Darin, umklungen von Melodien,
Des Tages Unrast und Sorgen fliehn.

60.

Wohllaut entströmt ihm in Fülle, es schwingt
        sich zu himmlischen Höhen,
Aber sein Inneres, weh! scheuet und fliehet das

Licht.

61.

Schau' in die Tiefe der Ersten, die dir das Letzte
      entsenden:
Ob du darfst liebend vertraun, zeigt sich im
      Ganzen dir oft.

62.

Mit r bringt's sorgenvolle Tage
Und heischt vom Besten oft: »Entsage!«
Doch lichter sich die Welt gestaltet,
Wo zarten Geists – mit n – es waltet.

63.

  's ist eins der Letzten bei den Seinen,
Allein sein Wesen ist nicht klar.
Ja, oft mag es bedeutsam scheinen,
Als rätselhafte Größe gar.
Zwar steht's in jedem Lexikon,
Und führt es an nicht Xenophon?

  Des Wunders wird wohl viel erzählet
– Spinnt Phantasie doch Märchen gern –:
Mit einer Nixe sei's vermählet
Und bleibe Menschenwegen fern.
Doch mancher wiederum beschwört's:
»Zu den Exaktesten gehört's.«

64.

Des Fleißes Zeuge stets mit G befunden,

Gereift, geschätzt, erscheint's dennoch
    gebunden.
Mit N pflegt es euch Leiden zu bekunden,
Gemahnend an geheilte, einst'ge Wunden.
Mit F verschönt's die Welt zu allen Stunden,
Bleibt's nächtlich auch dem Menschenaug'
    entschwunden.

65.

Lies es vorwärts oder rückwärts,
Es verändert sich mitnichten;
Will im ew'gen ird'schen Wechsel
Von Beständigkeit berichten.
Vorwärts, rückwärts: es ist immer –
Anders läßt sich's deuten nimmer.

66.

Du siehst sie mitten im Leben stehen,
Sich rühren und regen, kommen und gehen,
Sich paaren und scharen
In Freud' und Gefahren,
Bei Arbeit und Spiel,
Zu wechselndem Ziel.
Sie werden nicht müde, sie tun ihre Pflicht,
Hält einer zum andern, und fürchten sich nicht.
Und will sie einmal Schaden ereilen,
Sie tragen's gelassen, er ist wohl zu heilen!
Anschmieglich von Wesen, bald zierlich und
    zart,
Zum Schutze erlesen und wetterhart,
Sind sie von Kind an der Menschen Begehren
Und stehen selbst bei den Größten in Ehren.
Und harren sie auch zuweilen im Dunkel,

Bald geht es wohl mit frischem Gefunkel,
Aufs neue von Leben geschwellt,
Hinein in die Welt –
Bis sie nach guten und bösen Tagen
Im Alter mählich den Dienst versagen.
Wer sind sie? Du findest, ob flüchtig nur,
Ringsum ihres Erdenwandels Spur.

67.

Mit »An« unentbehrlich,
Mit »Um« oft beschwerlich,
Mit »Auf« stets gefährlich,
Mit »Zu« meist erklärlich.
Mit »Vor« sehr verehrlich,
Mit »Bei« – sei nicht spärlich!

68.

Wer läßt's erstehn nicht harmlos oft,
Weil er, daß es ihm nütze, hofft?
Und harmlos pflegt's uns anzuschaun,
Dem wir gar vieles anvertraun.

Kurz angebunden, nimmt's in Hut
Manch wertvoll Ding, manch Reisegut;
Und fest gefügt meist, rundgestalt,
Ist es Vergeßlichen oft Halt.

Doch, bring' sein Dasein auch Gewinn,
Es ist oft voller Eigensinn
Und leistet gerne Widerstand,
Gelöst nur durch geduld'ge Hand.

69.

Es wird oft auf der Straße
In Uniform gesehn.
Doch rührt sich's nicht vom Flecke:
Ihr müsset zu ihm gehn.

Viel reisefert'gen Gästen
Gewährt es sichre Rast,
Still und verschlossen tragend
Seines Berufes Last.

Zwar steht, befragt, es Rede,
Reicht Rat und Wissen dar,
Und was es euch verkündet,
Erscheint im Drucke gar.

70.

Schlank, doch unscheinbar gestaltet,
Wohnt's in enger Häuslichkeit,
Stillen, ungelenken Wesens,
Doch gesellig allezeit.

Und man weiß es allerorten,
Ruht es auch in Schweigens Bann,
Welche Kräfte ihm gegeben,
Wie es Wunder wirken kann.

Kleiner Antrieb schon belebt es,
Wecket ihm den Feuergeist,
Der sich hilfreich gern betätigt
Und oft lichte Wege weist.

Doch es opfert sich für andre,
Ohne daß es Dank gewinn',
Und die Wohltat, die's erwiesen,
Haftet nicht in euerm Sinn.

71.

Mancher naht seinem Strande und hoffet, dort
    Freude zu finden;
Aber mit tadelndem Wort scheucht es den
    Frohsinn zurück.

72.

Die man der Heimat entrissen, wohl hütet und
    schätzt man die Edle;
Doch, mit verhülletem Haupt, steht sie an
    Bachesrand oft.

73.

Draußen weilt es: Wellenrauschen
Liebt's und Windeswehn;
Soll es Nutz und Segen bringen,
Darf's nicht stillestehn.

Auch im Haus ist des Berufes
Kreislauf es gewöhnt.
Laut und leiser, wenn's geschäftig,
Seine Weise tönt.

Ob es stillem Heim sich weihe,
Klein, beachtet kaum,
Ob es, Zeiten überdauernd,
Wirk' im freien Raum –

Sei's im bunten Tagestreiben,
Sei's in Einsamkeit:
Kraft und Schwung pflegt's zu entfalten
Für euch hilfsbereit.

Sorgt's doch, daß ein Stücklein Brotes
Jedem werd' beschert,
Stets bemühet, zu erhöhen
Ird'scher Gaben Wert.

Tätig bald, bald wie in Träumen,
Kennt es Ruh' und Pflicht,
Breitet Flügel oft, doch fliegen –
Nein, das kann es nicht.

74.

Mancher erstrebt es Tag für Tag,
Als seiner Mühen Preis.
Der Streiter es ersehnen mag
Als Ziel in Kämpfen heiß.

So mancher tut es ohne Lust,
Weil Krankheit es begehrt;
Doch wem's gelinget unbewußt,
Der ist wohl liebenswert.

75.

Ein Tummelplatz für viele Menschen ist es,
Die, wie es scheint, höchst Wichtiges
      bezwecken.
Ein kleines Ding, ein ungern nur vermißtes,
Kannst du es leicht in deine Tasche stecken.

76.

Mit »Auf« verbraucht es Gut und Zeit,
Fröhnt's meist auch bloßer Eitelkeit.
Mit »Ein« es gern ein Aber spricht,

Meint es doch, etwas stimme nicht.
Mit »Vor« auch redet's klug und gern,
Doch hält sich's von der Wahrheit fern.

77.

Dem kleinsten Schüler ist es Begleiter,
Es speiset die Menschen und stimmt sie oft
  heiter.
Zu Höhen nicht strebend, pflegt still sich's zu
  breiten,
Erinnernd oft an entschwundene Zeiten.
Und, mit einem Führer der Menschheit im
  Bund,
Tat es nicht heil'ge Gesetze einst kund?

78.

 Sie lieben die Stille, unscheinbar und klein,
Doch Wunderkräfte schließen sie ein:
Der Erdenwelt ein verborgener Hort,
Daraus, sie verjüngend fort und fort,
Rings neues Leben erstehet.

 Sie lieben die Freiheit, den Wald und das
  Licht,
Die Krone schmückt sie, doch herrschen sie
  nicht:
Ein Reckengeschlecht voll Schönheit und Kraft,
Das Jahren und Stürmen trotzt heldenhaft
Und Deutschland ans Herz ist gewachsen.

79.

Siehe, es mahnet zum Aufschwung und heiterer

Übung der Kräfte;
Und wird zur Heldengestalt, wenn es ein
    Zeichen empfängt.

80.

Mit n – wie vieles ist's im Leben,
Mag's auch bedeutsam scheinen.
Drum prüft und seid nicht untergeben
Dem Wesenlosen, Kleinen!

Mit w ist es zu allen Tagen
Im Gegenteile wichtig,
Für alt und jung; doch mehr zu sagen,
Das wäre unvorsichtig.

Nur einen Wink noch nehmt zur Stelle
– Rätsel sind beistandspflichtig –:
Wollt es – mit r – erkennen schnelle!
Dann ist die Lösung richtig.

81.

Es senden es die himmlischen Gestirne;
Blick' um dich her: es füllt die weite Welt.
Es webet um die Gipfel stiller Firne
Und zeigt sich rings, wohin ein Lichtstrahl fällt.
Es kommt und flieht, es gleitet hin und her –
Du greifst es nimmermehr.

Wie aber? Halten's viele nicht in Händen
Und hüten's wohl und schätzen's nach Gebühr?
Es macht oft reich, es kann Geschicke wenden,
Und pflegt oft zu erschließen Weg und Tür.
Doch bringt es auch auf Erden rings Gewinn –
Ein Windhauch trägt's dahin.

Ihm ist's gegeben, große Macht zu üben,
Nach dunkler Nacht kündet es Morgenglanz.
Und doch vermag's, den klaren Blick zu trüben,
Und unsrer Seele nicht genügen kann's.
Wo es regiert, herrscht nicht der Wahrheit Licht
—
Es ist und ist doch nicht.

82.

Einer ist's, der zu erwerben
Strebet holden Lebenspreis.
Jener ist's, der in sich selber
Halt und Maß zu finden weiß.

83.

Mit i gehört es dem Erdreich an,
Ein Zeuge von fernesten Tagen;
Von Sturm und Wettern, Gluten und Eis
Weiß es dem Forscher zu sagen.
Naturgebilde, ein Schätzehort,
Nützet die Menschheit es fort und fort.

Mit r verließ es uns nächtlicher Weil'.
Fühlst du dich auch noch umklungen
Von allem, womit es vor kurzer Frist
Dich freudvoll und leidvoll durchdrungen,
Es schied; und nimmer im Leben erneut
Sich uns das kurze, entflohene Heut'.

84.

Gern schätzt und ehrt man die letzten zwei
Und ihres erprobten Könnertums Gaben.

Doch frägst du, wer Schöpfer des Ersten sei:
Natur, ob Menschenwerken erhaben,
Sie ließ es auf Erden erstehn,
Gar herrlich zu sehn.

Das Ganze wohnt im ersten Wort,
Zart, ferne dem menschlichen Hasten und
      Streben.
Doch wer es findet am lauschigen Ort,
Den mag es oft erfreun und beleben,
Gemahnt's doch an frohes »Schenkt ein
Im Maienschein!«

85.

Es bringt oft Leiden; wer's erfährt,
Der fühlt sich oft beengt, beschwert
Und sehnt sich nach Befreiung.

Doch wer's empfängt von Freundeshand,
Dem ist es wie ein liebes Pfand,
Beglückend oft und tröstend.

Täglich ersteht es, stillbeseelt,
Und reichet Gaben aller Welt,
Oft Zeiten überdauernd.

86.

Vereint, bezeichnet's ein Gewand,
Darin nicht Menschen schreiten.
Getrennt, ist's einer aus der Schar,
Für die sie es bereiten.

Getrennt, trägt es oft Ordensstern,
Doch dient's zumal den Frauen

Und einet Herzen unsichtbar,
Die liebend sich vertrauen.

87.

Es hilft oft bei der Arbeit,
Von Menschenhand gelenkt,
Zu ernten, was uns Wiese
Und Ährenfeld geschenkt.

Es zeigt sich oft am Himmel,
Bald einem Wölkchen gleich,
Bald mild herniederleuchtend
Aufs nächt'ge Erdenreich.

88.

Es pflegt oft, jung, zu glänzen,
Doch fügt's zu jeder Frist
Sich in gegebne Grenzen,
Für die's geschaffen ist.
Ob ungelenk von Wesen,
Regt es für euch sich gern,
Zu wicht'gem Dienst erlesen,
Gewürdigt nah und fern.

Ihm öffnen sich die Pforten,
Gleichwie auf ein Geheiß.
Denn wirkt's auch nicht mit Worten
Und nur im engsten Kreis,
Macht es doch Hemmnis weichen
Dank seiner Kraft und Art.
Habt ihr's mit seinesgleichen
Im Bunde nie gewahrt?

Wo immer Menschen wohnen,

Geht's hilfreich aus und ein,
Gewillt, Vertraun zu lohnen
Und ihnen Schutz zu sein.
Oft Weggefährt hienieden
In Sorgen, Leid und Glück,
Mahnt es an Heimes Frieden
Und gibt euch ihm zurück.

Es weiß neu zu beleben,
Erlahmt der Stunde Schritt,
Auch wirkt es kunstergeben
Im Reich der Töne mit.
Und wenn Gedanken irren
Nach Klarheit hin und her,
Hilft's lösen und entwirren
Oft Fragen, noch so schwer.

89.

Von einem Augenblick wird es geboren,
Sein Dasein währet Augenblicke nur;
Und doch ist es im Dienste der Kultur
Zu mannigfacher Wirksamkeit erkoren.

Selbst weiten Fernen bleibt sie unverloren,
Der Heimat stiller Herd trägt seine Spur,
Wieviel des Leides auch die Welt erfuhr,
Wenn Feindessinn und Leichtsinn es
        beschworen.

Es steigt empor mit leuchtender Gebärde,
Von einem Hauche wird's hinweggefegt.
Es schlummert im Gestein der tiefen Erde,

Und in die Menschenseele ist's gelegt,
Ein Göttliches, auf daß Entfaltung werde

Den Segenskräften, die sie in sich trägt.

90.

Es weckt Vertraun, ist wie ein Pfand,
Das Zweifel will beschwicht'gen.
Es wecket Irrtum allerhand
Und fordert ein Bericht'gen.
Als ein verheißend Wort,
Wirkt's lang oft fort, –
Versehen, Zufall ist's,
Und man vergißt's.

91.

Das Erdreich ist ihm untertan,
Doch braucht es seine Kraft zum Segen,
Friedfertig ziehend seine Bahn,
Des Landes Wohlfahrt nur zu pflegen.

Voll Kühnheit aber wird es gleich,
Sobald sein Führer ihm genommen,
Und tauscht die Lüfte sich zum Reich.
Du sinnst: wird es der Menschheit frommen?

Führers beraubt zum zweitenmal,
Erscheint es auf der Erde wieder.
Doch dann gehn mit ihm Schuld und Qual,
Denn Treu' und Glauben tritt es nieder.

92.

Auf manchem Weg begleitet es die Frauen,
In Leid, Entsagung, in Glückseligkeit.
Mit Blüten hold geschmückt, magst du es

schauen –
Die Nacht entsendet's, daß es Dunkel breit'.

Das Zarte, Schutz verleiht's oft nah und ferne,
Auch, sagt man, huldige es wohl dem Tanz.
Es schwebt und webt um Bergesgipfel gerne,
Muß es entschwinden auch im Sonnenglanz.

Ob der Natur, ob künstliches Gebilde,
Hast du's vor Augen, trübet sich dein Blick.
Doch was vergangen, hütet's sanft und milde,
Und stumm birgt's uns das künftige Geschick.

93.

Es ist begrenzt im Raume,
Ist eines Ganzen Teil;
Doch mag es sein, daß Liebstes
Verborgen in ihm weil'.
Nicht Menschen gibt es Obdach,
Doch nimmt es still in Hut,
Was sie ihm anvertrauen
An mannigfachem Gut.

Es ist begrenzt im Geiste
Und schließt doch Welten auf,
Oft Halt und Richtung gebend
Dem ganzen Lebenslauf.
Jugend pflegt's zu ergreifen
Mit ihrer frischen Kraft
Und wächst oft, treu ihm bleibend,
Heran zur Meisterschaft.

94.

Erst wenn dem Blick der Menschen es

entschwunden,
Wird seine Kraft als segensreich empfunden,
Das Halt zu leihen schweigend ist bereit,
Ein Retter oft in sturmbewegter Zeit.

Doch woll' den letzten Laut zu Häupten stellen:
Dann pflegt sich's einem Stärkern zu gesellen,
Schmiegt sich ihm an und strebt zu ihm hinan,
Denn haltbedürftig ist es selber dann.

95.

Es ging an deiner Hand oft spazieren,
Wohl auf und nieder; du wiesest den Pfad.
Es half dir so manchmal beim Schreiben,
    Addieren:
War's nicht dein frühester Schulkamerad?
Sein Leben gibt's für die Kleinen –
Und stammt doch von Steinen.

Dem Dienste von Meistern auch ist es ergeben
Und stehet vielfach in Ehren und Gunst,
Betätigt sich's doch mit schönem Bestreben
In seinem Bereiche bildender Kunst.
Auch schreib' es getreue Berichte
Ins Buch der Geschichte.

Doch siehe! in Garten, Wald und Gefild
Erkennst du's als wundersam feines Gebild:
Inmitten von Blüten wächst es heran,
Aus zartesten Glöcklein blickt es dich an
Und bürget heimlich auf Erden
Für neues Werden.

96.

Der – zieht des Weges auf der Menschheit
      Höh'n,
Ihm ist zu eigen der Gedanken Hort.
Die – ist gar mannigfach, bald rauh, bald schön,
Und tönet durch Jahrhunderte oft fort.

97.

Grenzenlos ist das Erste,
Gleicht der Unendlichkeit;
Aber das Zweite währet
Nur eine flüchtige Zeit.

Lichtfrohe Kräfte entfaltend,
Zeigt's euch der Erde Pracht,
Naht mit der Morgenröte
Und erstirbt in der Nacht.

Wollet das Ganze nicht schelten!
Brächt' es nicht Mühen und Pflicht,
Wäre so süß nicht die Ruhe,
Freude nicht mehr so licht.

98.

Verborgnen Quellen pflegt es zu entsteigen,
In seinem Schimmer spiegelt sich die Welt.
Doch nur, wo Menschen weilen, kann sich's
      zeigen,
Und keiner lebt, dem es sich nie gesellt.

Es dringt hervor in lichten Tagesstunden,
Es birgt im Schoß sich der verschwiegnen
      Nacht.
Ob stumm auch, mag es tiefstes Glück
      bekunden,

Trägt's alles Leid, das Menschen weinen macht.

Bekämpft, besiegt, doch immer neu geboren,
Wer ist, der's aus der Welt zu bannen wüßt'?
Doch rasch geht seine Erdenspur verloren,
Und sanft wird's oft von Liebe weggeküßt.

99.

Es grüßte dich an deines Lebens Schwelle,
Es hat dir viel zu sagen, laut und leis.
Gern jedem dienend mit Gedankenschnelle,
Zieht Erd' und Himmel es in seinen Kreis.
Wer mag, was ihm die Menschheit dankt,
      ermessen,
Ergründet's ganz nach Ursprung und nach
      Wesen?

Wohl mag es sein, daß manche mit ihm
      spielen,
Man will's erhaschen, und der Wind verweht's.
Doch trotz des flücht'gen Treibens all der vielen
Bleibt es bedeutsam und verjüngt sich stets.
Durch Fernen eilt's, es überwährt die Stunde,
Geschicke lenkt's und lebt in aller Munde.

Du pflegst, was dich bewegt, ihm zu
      vertrauen,
Es tröstet und befreiet oft das Herz
Und hilft dir, eine geist'ge Welt erbauen.
Doch wenn's verstummt in Freude oder
      Schmerz,
Wenn es sich scheut, ein Schweigen zu
      durchbrechen,
Dann blick' ins Auge: auch die Augen sprechen.

100.

Manch schwere Last trägt es für uns auf Erden,
Die wir oft selbst von ihm getragen werden.
Doch leuchtend, allem Erdentreiben ferne,
Zieht's seine stille Bahn im Reich der Sterne.

———

Lösungen der Rätsel.

1. Der Kreisel.
2. Die Feige.
3. Dornröschen.
4. Das Kätzchen.
5. Immergrün – Immer grün.
6. Arbeitsknäuel.
7. Die Uhr.
8. Handschuh.
9. Milchstraße.
10. Die Argen, Algen, Augen.
11. Die Puppe.
12. Ost – Ast.
13. Sandmann.
14. Dackel – Deckel.
15. Rotkäppchen.
16. Schwarzwald.
17. Das Rohr.
18. Das Schlüsselloch.
19. Schneeflöckchen – Schneeglöckchen.
20. Lange weile! Langeweile.
21. Primadonna.
22. Die Krone.
23. Storchschnabel.
24. Sonnabend.
25. Schneeball.
26. Die Linse.
27. Der Tau.
28. Die Briefmarke.

29. Der Pinsel.

30. Fingerhut.

31. Das Buch.

32. Sorgen – Morgen.

33. Der Schirm.

34. Rehe – Heer – Ehre.

35. Alpenrosen.

36. An- Ab- Um- Vorhang.

37. Teller – Tell.

38. Eiger, Eider, Eimer, Eifer, Einer.

39. Der erste April.

40. Kiel.

41. Die Schreibfeder.

42. Harz.

43. Der Brocken.

44. Die Innerste – Das Innerste.

45. Gedankenstrich.

46. Staubtuch.

47. Wolle – Welle – Wille.

48. Launen – Lagunen.

49. Wetterfahne.

50. Der Zwicker.

51. Wandrer – andrer.

52. Goldregen.

53. Beschlagen.

54. Die Winde.

55. Der Bogen.

56. Verschlagen.

57. Die Karte.

58. Der Läufer.

59. Die Noten.

60. Flügel – Lüge.

61. Augenblick.

62. Armut – Anmut.

63. Der Buchstabe x.

64. Garbe, Narbe, Farbe.

65. Stets.

66. Die Stiefel.

67. Anstand, Um-, Auf-, Zu-, Vor-, Beistand.

68. Der Knoten.

69. Der Briefkasten.

70. Das Zündhölzchen.

71. Rügen.

72. Perle – Erle.

73. Die Mühle.

74. Einnehmen.

75. Die Börse.

76. Auf-, Ein-, Vorwand.

77. Die Tafel.

78. Die Eichen.

79. Reck – Recke.

80. Nichtig – wichtig – richtig.

81. Der Schein.

82. Ein Freier.

83. Gestein – Gestern.

84. Waldmeister.

85. Druck.

86. Einband – Ein Band.

87. Die Sichel.

88. Der Schlüssel.

89. Der Funken.

90. Versprechen.

91. Pflug – Flug – Lug.

92. Der Schleier.

93. Das Fach.

94. Anker – Ranke.

95. Der Griffel.

96. Der Weise, die Weise.

97. Alltag.

Alphabetisches Verzeichnis der Rätsel.

Fingerhut. 30.

Flügel – Lüge. 60.

Freier. 82.

Funken. 89.

Garbe – Narbe – Farbe. 64.

Gedankenstrich. 45.

Gestein – Gestern. 83.

Goldregen. 52.

Griffel. 95.

Handschuh. 8.

Harz. 42.

Immergrün, immer grün. 5.

Innerste (die, das). 44.

Karte. 57.

Kätzchen. 4.

Kiel. 40.

Knoten. 68.

Kreisel. 1.

Krone. 22.

Langeweile. 20.

Läufer. 58.

Launen – Lagunen. 48.

Linse. 26.

Milchstraße. 9.

Mühle. 73.

Nichtig – wichtig – richtig. 80.

Noten. 59.

Ost – Ast. 12.

Perle – Erle. 72.

Pflug – Flug – Lug. 91.

Pinsel. 29.

Primadonna. 21.

Puppe. 11.

Reck – Recke. 79.

Rehe – Heer – Ehre. 34.

Rohr. 17.

Rotkäppchen. 15.

Rügen. 71.

Sandmann. 13.

Schein. 81.

Schirm. 33.

Schleier. 92.

Schlüssel. 88.

Schlüsselloch. 18.

Schneeball. 25.

Schneeflöckchen – Schneeglöckchen 19.

Schreibfeder. 41.

Schwarzwald. 16.

Sichel. 87.

Sonnabend. 24.

Sorgen – Morgen. 32.

Staubtuch. 46.

Stets. 65.

Stiefel. 66.

Storchschnabel. 23.

Tafel. 77.

Tau. 27.

Teller – Tell. 37.

Träne. 98.

Uhr. 7.

Verschlagen. 56.

Versprechen. 90.

Wagen. 100.

Waldmeister. 84.

Wandrer – andrer. 51.

Weise (der, die). 96.

Wetterfahne. 49.

Winde. 54.

Wolle – Welle – Wille. 47.

Wort. 99.
x. 63.
Zündhölzchen. 70.
Zwicker. 50.

Druck von Frankenstein & Wagner in Leipzig.

Wer hilft?

Die Hefte der Deutschen Jugendbücherei können wieder in rascherer Folge erscheinen. Die Leitung, die schon vor dem Krieg eine Zeitlang in meinen Händen lag, habe ich im Auftrage des Dürerbundes wieder übernommen.

Unsere Aufgabe ist inzwischen bedeutend gewachsen. Galt es früher, vor allem den billigen Schund zu verdrängen und auf gute Bücher hinzuweisen, so muß heute die Deutsche Jugendbücherei für das gute Buch selbst Ersatz schaffen, denn dieses verschwindet mehr und mehr vom Weihnachtstisch und aus dem Bücherschrank des Hauses und der Schulen, weil sein Preis vielen unerschwinglich scheint. Um diese Aufgabe zu erfüllen, muß unser Arbeitsfeld erweitert werden. Man verlangt von der Deutschen Jugendbücherei jetzt auch Kinderbücher, Mädchenbücher, Spiel-, Lieder-, Wander- und Bastelbücher, Schriften zur Erdkunde, zur Geschichte, zur Heimat- und zur Sachkunde neben den besten alten und neuen Erzählungen. Sie soll auch den Bedürfnissen der Schule Rechnung tragen. Wir kommen diesen Wünschen mit Freuden nach, aber wir brauchen reichliche Mitarbeit unserer Freunde.

Wir müssen wissen, was der Jugend gefällt. Den brauchbarsten Rat habe ich immer von der Jugend selbst bekommen. Sie und ihre Erzieher und Helfer bitten wir um Vorschläge und Anregungen. Sie können auch am wirksamsten zur Verbreitung beitragen. Die beste Empfehlung ist immer die von Mund zu Mund. Je mehr Hefte verbreitet werden, um so tatkräftiger können wir der drohenden geistigen Verödung im Jugendleben steuern.

Rebdorf, Post Eichstätt (Bayern).

Leo von Egloffstein.

Vollständige Jugendbücherei-Verzeichnisse der bis jetzt erschienenen Hefte befinden sich auf der 4. Umschlagseite.

Die Hendel-Bücher.

Gern gebe ich mein Urteil ab über Hendels Bibliothek der Gesamtliteratur, der ich als Volksbücherwart immer den Vorzug gab und deren Hefte ich im Krieg mit Vorliebe in die Satteltasche steckte.

Sie ist von den großen wohlfeilen Büchersammlungen in Druck und Ausstattung die beste. Sie steht ihnen an Reichhaltigkeit nicht nach, bringt gute Volksbücher in Fülle, an Klassikern und Perlen des deutschen Schrifttums alles, was man gerne mit sich führt. Hat ganz wenig Nieten, die einem überholten Zeitgeschmack entsprachen, auch sie will der neue Verleger ohne Schonung verschwinden lassen, sie birgt aber auch sehr viel, was wir in andern Büchereien vermissen. Es sei nur daran erinnert, was sie von Björnson, Bulwer, Byron, Carlyle, Darwin, Emerson, Kingsley, Richard Rothe, Schleiermacher enthält.

Mit ihr allein kann man große Volksbüchereien füllen, sie ermöglicht auch in der teuersten Zeit den Erwerb einer guten Eigenbücherei, sie ist für die heranreifende Jugend als Nachfolgerin der deutschen Jugendbücherei wie geschaffen.

Leo von Egloffstein.

Eine Auswahl der Hendel-Bücher

die besonders für die Jugend geeignet sind.

☛ Zu beziehen durch alle Buchhandlungen ☜

Andersen, Gesammelte Märchen, Nr. 2441/48.

" Ergänzungsband dazu, Nr. 1783/87.

Bechstein, Deutsches Märchenbuch, Nr. 471/72.

Beecher-Stowe, Onkel Toms Hütte, Nr. 1098/1102.

Bell, Jane Eyre, die Waise von Lowood, Nr. 1806/08.

Bern, Geleitworte fürs Leben, Nr. 1358/60.

Bürger, Münchhausens Reisen u. Abenteuer, Nr. 233.

Chamisso, Peter Schlemihls wunderbare Geschichte, Nr. 34.

Chesterfield, Briefe an seinen Sohn (Auswahl), Nr. 2278/79.

Claudius, Blütenkranz aus seinen Werken, Nr. 205/06.

Droste-Hülshoff, Die Judenbuche, Nr. 353.

Eichendorff, Aus dem Leben eines Taugenichts, Nr. 173.

Erckmann-Chatrian, Geschichte eines Rekruten von 1813, Nr. 398/99.

Erckmann-Chatrian, Waterloo (Fortsetzung des obigen), Nr. 1835/37.

Fouqué, Undine, Eine Erzählung, Nr. 67.

Freiligrath, Gedichte, Nr. 2010/13.

Gerstäcker, Die Regulatoren in Arkansas, Nr. 1635/39.

Gerstäcker, Die Flußpiraten des Mississippi, Nr. 1640/44.

Glaubrecht, Die Heimatlosen, Eine Erzählung aus den Befreiungskriegen, Nr. 2327/30.

Goethe, Hermann und Dorothea, Nr. 9.

" Reinecke Fuchs, Nr. 130.

Grimm, Deutsche Sagen (Auswahl), Nr. 2251/54.

Habberton, Helenes Kinderchen, Nr. 527/28.

" Anderer Leute Kinder, Nr. 544/46.

Hoffmann, Meister Martin der Küfner, Nr. 1563.

Kleist, Die Hermannsschlacht, Nr. 326.

" Prinz Friedrich von Homburg, Nr. 127.

Körner, Zriny, Trauerspiel, Nr. 64.

" Leier und Schwert (Gedichte), Nr. 53.

Leander, Träumereien an französischen Kaminen (Märchen), Nr. 2484/85.

Mörike, Das Stuttgarter Hutzelmännlein (ein Märchen), Nr. 1947/48.

Musäus, Volksmärchen der Deutschen (Auswahl), Nr. 354/55.

Niebuhr, Griechische Heroengeschichten, Nr. 420.

Petersen, Prinzessin Ilse, Märchen aus dem Harz, Nr. 397.

Petersen, Die Irrlichter, Ein Märchen, Nr. 396.

Reuper, Im Reiche des Löwen, Tierfabeln aus aller Welt, Nr. 2162/65.

Schiller, Gedichte, Nr. 1 u. 2.

" Wilhelm Tell, Nr. 5.

" Jungfrau von Orleans, Nr. 43.

" Maria Stuart, Nr. 41.

" Wallenstein I, II, Nr. 23/24.

Schwab, Die vier Heymonskinder, Nr. 1980.

" Die schöne Melusine, Nr. 1981.

" Herzog Ernst, Nr. 1982.

" Genoveva – Der arme Heinrich, Nr. 1991.

Schwab, Kaiser Oktavianus, Nr. 1992.

" Der gehörnte Siegfried, Nr. 1993.

" Griseldis – Das Schloß in der Höhle Xa Xa, Nr. 1994.

Schwab, Die Sagen des klassischen Altertums, 2 Bände, vollst. Ausgabe, Nr. 746/55.

Stein, Georg Händel und sein großer Sohn, Nr. 2128/29.

Stifter, Der Hochwald – Das Heidedorf, Nr. 1227/28.

Stifter, Abdias – der Kondor, Nr. 1264/65.

Storm, Pole Poppenspäler, Nr. 2400.

Twain, Abenteuer des Tom Sawyer, Nr. 1413/15.

" Abenteuer des Huckleberry Finn, Nr. 1577/79.

Uhland, Gedichte, vollständige Ausgabe, Nr. 645/47.

Uhland, Gedichte (Auswahl), Nr. 1500.

" Herzog Ernst von Schwaben, Nr. 648.

Vollständige Verzeichnisse der **Hendel-Bücher,** mit jeweils gültiger Preistabelle, sind durch jede Buchhandlung **kostenlos** zu beziehen oder auch direkt von

Otto Hendel Verlag (Hermann Hillger)

Berlin W 9.

Deutsche Jugendbücherei

Verzeichnis der erschienenen Hefte.

1: **Drei Kriegsnovellen** von Detlev von Liliencron.

2: **Der Kampf ums Blockhaus** von Charl. Sealsfield.

3: **Der Schiffszimmermann** von Friedrich Gerstäcker.

4: **Gefangen im Kaukasus** von Leo Tolstoi.

5/6: **Jack** von Anton von Perfall.

7: **Die Frühglocke** von Adolf Schmitthenner.

8: **Das kalte Herz** von Wilhelm Hauff.

9: **Eine Nacht im Jägerhause** von Friedrich Hebbel.

10: **Der Pfadfinder** v. J. F. Cooper. I. Teil: **Auf d. Oswego.**

11/12: **Desgl.** II. Teil: **Kampf auf den Tausendinseln.**

13: **Tito,** die Geschichte einer Präriewölfin v. E. S. Thompson.

14: **Das Schloß in der Höhle Xa Xa** von G. Schwab.

15: **Die Geschwister. Der Geiß-Christeli** v. Ernst Zahn.

16/18: **Robinson Crusoe** von Daniel de Foe.

19: **Der Greifenprinz. Das Haus der Wichtel** v. Wilh. Fischer.

20: **In der Hölle. Im Eise** v. Philipp Kniest.

64: **Rothund** von Rudyard Kipling.

65: **Dietrich von Bern und seine Gesellen.**

66: **König Dietrich von Bern.**

67: **Gefangen in Frankreich** von Theodor Fontane.

68: **Vom falschen Prinzen. Vom Hirschgulden** von Wilhelm Hauff.

69: **Eine Nacht auf dem Walfisch. Eine Sage aus der Gegenwart** von H. Drachmann und F. Gerstäcker.

70: **Münchhausen** von Gottfried Aug. Bürger.

71: **Die Belagerung v. Kolberg 1806/07** v. Nettelbeck.

72: **Vier gute Freunde** von Karl Ewald.

73: **Aus den Jugendjahren meines Seemannslebens** von Adrian Jacobsen.

74: **Mit der großen Armee 1812 nach Moskau** von Fr. Bourgogne.

75: **Auf dem Rückmarsch der großen Armee 1812** von François Bourgogne.

76: **Der Schatz im Walde** von H. G. Wells.

77: **Quer durch den dunklen Kontinent** v. H. M. Stanley.

78: **Eine Beute der Wölfe** von Jack London.

79: **Rolof der Rekrut** von Edmund Hoefer.

80: **Die Franzosen in Hamburg 1806-13** v. M. Prell.

81: **Hamburg zum zweiten Mal in der Gewalt der Franzosen 1813-14** von Marianne Prell.

82: **Gordons heldenhafter Untergang** von Sven Hedin.

83: **Unter Indianern und Eskimos** von A. Jacobsen.

84: **In Afrika hinein** von Karl Fricke.

85: **Ein Indianerknabe** von Ch. A. Eastmann.

86: **Eines Nashorns Freud und Leid** v. B. v.

Schellendorff.

87: **Der junge Simplizissimus** v. H. J. C. v. Grimmelshausen.

88: **Aus der Franzosenzeit** von W. Alexis.

89: **Zottelohr** von E. Seton-Thompson.

90: **Die Eidgenossen** von A. Tschudi.

91: **Der Kapitän** von Ch. Sealsfield.

92: **Wittbart** und andere Tiergeschichten von H. Löns.

93: **Stürmische Tage in Deutsch-Brasilien** von A. Funke.

94: **Näbis Uli** von Ulrich Bräker.

95: **Die Tage von Borodino** von Leo N. Tolstoi.

96: **Bilder aus meiner Knabenzeit** von J. Kerner.

97: **Ich hatt' einen Kameraden** von Karl Hesselbacher.

98: **Rüstig, der Steuermann** nach Kapitän Marryat.

99: **Philipp Ashton,** ein neuer Robinson.

100: **Die Germanen** von Gotthold Klee.

101: **Kriegstage in Ostafrika** von Hans Paasche.

102: **Sonderlinge** von Arno Marx.

103: **Das verhängnisvolle Billardbein** von Max Eyth.

104: **Bei den Indianern** von E. R. Baierlein.

105: **Griechische Heroengeschichten** von K. G. Niebuhr.

106: **Tierleben im deutschen Wald** von K. Floericke.

107: **Der Sohn des Pförtners** von Andersen.

108: **Vom Kriege 1914/15.**

109: **Durch das malaiische Dschungel** von H. Franck.

110: **Als ich bei der Fremdenlegion war.** Von H. Völkl.

111: **Frithjof und Ingeborg** nach Tegnér v. H. J. Köster.

112: **Das Fort an der Salzfurt** von Gerstäcker.

113: **Die Historie von der schönen Lau** von Mörike.

114: **Die Elfen** von Tieck.

115: **Vom Kriege 1914/15,** II. Folge.

116: **Hans, der Mahrwirtssohn** v. P. Rosegger.

117: **Die Feuertaufe** von Ernst v. Wolzogen.

118: **Die Geschichte des Prinzen Kamar es-Samân.**

119: **Luftkämpfe.**

120: **Germanische Göttergeschichten** von Ingeb. Meier.

121: **U-Boot-Fahrten** von König und v. Spiegel.

122: **Bei den Mongolen** von Dr. Albert Tafel.

123: **Im Dienst. Der Chinese** von Thea v. Harbou und Max Karl Böttcher.

124: **An der Somme** von Otto Ahrends.

125: **Die Regentrude** von Theodor Storm.

126: **Die Schlacht bei Grodek** von Dr. Otto Tumlirz.

127: **Aus russ. Gefangenschaft entflohen** v. H. Schneider.

128: **Der Spiegel des Cyprianus, Bulemanns Haus** von Theodor Storm.

129: **Psyche. Wenn die Äpfel reif sind** v. Th. Storm.

130: **Ernste und heitere Tiergeschichten** v. Lütgendorff.

131: **Ein dummer Streich** von Helene Böhlau.

132: **Die Söhne des Senators** von Theodor Storm.

133: **Erlebnisse auf Island** von Jón Svensson.

134: **Sentas Lehrzeit** von Hilda Blaschitz.

135: **Germelshausen** v. Friedrich Gerstäcker. **Der eiserne Armleuchter** von Christian Martin Wieland.

136: **Hundert neue Rätsel** von A. Döhring.

137: **Kleider machen Leute** von Gottfried Keller.

138: **Die arme Baronin** von Gottfried Keller.

139: **Saids Schicksale** von Wilhelm Hauff.

140: **Die sieben schönsten Märchen** der Brüder Grimm.

141: **Immensee. Im Saal.** Von Theodor Storm.

Zu haben in jeder Buch- und Papierhandlung oder durch

Hermann Hillger Verlag, Berlin W 9.

www.ingramcontent.com/pod-product-compliance
Lightning Source LLC
Chambersburg PA
CBHW031245260626
47169CB00007B/2459